In 27. 16831.

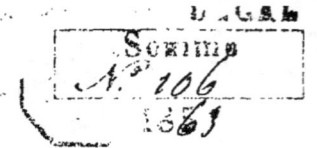

NOTICE

SUR

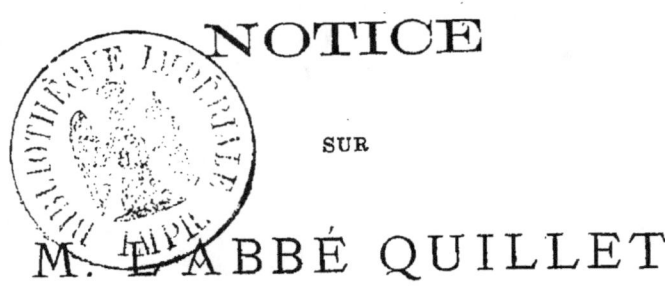

M. L'ABBÉ QUILLET

ANCIEN ÉLÈVE DU SÉMINAIRE SAINT-SULPICE,

Décédé à l'âge de 25 ans, après 11 mois de prêtrise.

———

Ce n'est pas ici une vie que je me propose de mettre sous les yeux du lecteur, le temps ne me le permet pas, et je sens combien cette entreprise serait téméraire à moi et au-dessus de mes forces. Toutefois, ne pouvant résister aux désirs, aux sollicitations d'un père, j'essaierai, dans ces lignes, de retracer à grands traits quelques-unes des vertus qui ont brillé dans un confrère que nous avons perdu. Puissent ces quelques mots, en rappelant son souvenir à ses amis, servir à la gloire de Dieu, à l'instruction et à l'édification de tous.

Julien QUILLET naquit dans le diocèse d'Amiens, le 12 février 1838, à Yzengremer, canton d'Ault, où ses parents résidaient alors. Dès ses premières années, il montra de grandes dispositions pour l'étude, et le succès couronnait ses effort. A l'âge de quatre ans, il lisait, et à six il apprenait avec une facilité étonnante, de telle sorte que plusieurs ecclésiastiques se plaisaient à l'interroger, et admiraient la sagesse de ses réponses. A neuf ans, dans une distribution solennelle de prix, devant une grande assistance, il monta sur le théâtre avec une fermeté et un aplomb au-dessus de son âge; il était entouré d'un grand nombre d'ecclésiastiques et d'un député. On l'interrogea sur la Grammaire, l'Histoire-Sainte, l'Histoire de France, l'Arithmétique, et l'on ne put surprendre sa science en défaut, il répondit avec une précision et une fermeté qui étonnaient toute l'assemblée. Mais il ne fallait pas trop arroser cette jeune plante, de peur qu'elle ne succombât. A un âge où beaucoup ont besoin d'être poussés, il fallait modérer son ardeur pour le travail et arrêter l'impétuosité de son zèle.

Tant de qualités du côté de l'esprit laissaient bien augurer que les leçons de parents chrétiens et les graces de Dieu ne tomberaient pas sur une terre ingrate. Depuis un an ses parents étaient venus se fixer à Paris, sur la paroisse de Saint-Pierre-du-Gros-Caillou, lorsqu'il fut admis à la Sainte Table, pour la première fois, en juin 1850. Cette époque, la plus solennelle dans la vie d'un Chrétien, est toujours pour l'enfant un moment décisif, où l'on passe d'une vie tiède et légère à des sentiments plus sérieux ; pour celui dont nous parlons, il n'avait pas à changer ; dès son enfance, ses dispositions pour la piété se faisaient remarquer, tout en lui tendait vers le même but, sa première communion. Sa piété, son recueillement le faisaient reconnaître entre tous, et lui firent remporter le prix d'honneur, au milieu de quatre cents communiants.

Toutes ces choses montraient bien que Dieu se réservait cette ame qui était déjà bien agréable à ses yeux, il l'avait séparée dans les desseins de sa Providence, et ses goûts prononcés pour l'état ecclésiastique annonçaient un ministre du Seigneur.

Le prêtre qui lui avait fait faire sa première communion ne put même, dès ce jour là, s'empêcher de rendre un hommage public à des vertus si rares dans un jeune homme, et l'annonça déjà comme futur ministre de Dieu.

Pour favoriser ce goût, il fallut l'éloigner de la maison paternelle, pour continuer ses études ; son père le confia aux soins du supérieur du Petit Séminaire de Saint-Nicolas ; son application, sa bonne conduite ne tardèrent pas à le faire remarquer entre tous ses condisciples; les premiers prix qu'il y remporta en sont une preuve manifeste.

Plus tard, élève de Notre-Dame-des-Champs, sa conduite ne se démentit pas un instant ; sachant partout allier la gaîté avec la piété, il était bon condisciple, l'ame des jeux et la paix de tous. Ses études d'humanités terminées en 1856, il voulut, avant que d'entrer au Grand-Séminaire, revoir les lieux témoins de son enfance. Ici, laissons-le lui-même raconter ses impressions dans une lettre qu'il écrivait à ce moment à son père....

« Deux heures après avoir quitté Abbeville, j'approchais d'un petit village aux alentours paisibles et agréablement situé auprès d'une route magnifique. Je descendis alors de voiture et je marchais silencieusement enseveli dans des souvenirs obscurs ; mes yeux étaient fixés vers la terre. On aurait dit que j'avais crainte de les lever. J'approchais cependant de plus en plus, et je n'avais plus que quelques pas à faire. Tout-à-coup un bruit de pas me fit relever la tête. C'était des paysans qui revenaient derrière moi. Je leur demandai si j'étais encore loin d'Yzengremer. Le voici là bas, me dirent-ils. A ces paroles, je sentis mon cœur se serrer, et je ne pus m'empêcher de verser des larmes bien douces. Quelques instants après j'étais dans l'humble église où l'eau du baptême coulant sur mon front coupable, m'avait fait enfant de Dieu et de sa sainte Eglise. Je me jetai aussitôt à genoux et je rendis graces à Dieu de m'avoir permis de revoir un jour les lieux témoins de mes premiers pas dans le sentier pénible de la vie. Ce ne fut pas non plus sans une douce émotion que je vis l'emplacement, vide aujourd'hui, de l'humble et modeste demeure où j'avais reçu le jour. Je pensais alors à ma mère, et des larmes abondantes coulèrent de mes yeux au souvenir de celle qui m'avait mis au monde dix-huit ans auparavant, et dont les personnes qui m'entouraient me redisaient, avec émotion, la bonté et la grandeur d'ame. »

Après les vacances, il entra au Séminaire de Paris, en octobre, pour suivre les cours de philosophie et de sciences, à la maison d'Issy.

La première année fut marquée par l'exactitude la plus ponctuelle, l'ordre le plus parfait dans toute sa conduite, et sa piété tendre et enfantine trouvait un aliment solide et à son goût, dans la dévotion à la Sainte-Vierge, qui caractérisa toujours l'esprit du Séminaire Saint-Sulpice, et en particulier de la maison d'Issy. Sous les auspices de Marie, il grandit chaque jour dans cette sagesse qui fait les saints et qui dispose le jeune homme dépouillé de l'habit séculier et non encore revêtu de la cléricature, à entrer dans les rangs de la milice sainte. Appelé à recevoir la tonsure par la voix de ses supérieurs, écho fidèle de l'appel de Dieu sur lui, il ne voulut y répondre qu'après avoir bien consulté son directeur, et je dirai après en avoir reçu l'ordre, car il était un de ceux qui ne veulent avancer qu'après en avoir été pressés, loin de désirer un honneur qu'ils reconnaissent si au-dessus des forces humaines. Ecoutons-le encore dans quelques lignes écrites à son père, peu de jours avant son ordination, pour la lui annoncer.

« Jusqu'ici j'ai gardé le secret sur mon admission à la

tonsure, cela me paraissant convenable. Mais cependant
le moment est arrivé où je dois rompre le silence. Je suis
du nombre de ceux qui vont prendre part à l'ordination,
bien que j'en sois tout à fait indigne. Aussi je ne vous
cache point que je suis un peu effrayé. Naguère encore
j'étais au milieu du monde, et aujourd'hui Dieu, le Dieu
de bonté et d'amour m'appelle au nombre de ses enfants;
il veut que je me donne à lui tout entier ; il me veut
pour ami. Oh ! priez, priez afin que je lui sois bien fidèle,
afin que je reçoive cette première ordination, qui est la
clef de toutes les autres, dans de saintes dispositions.
Priez pour que je n'abuse point des graces du Seigneur
et pour qu'au jour de mon élévation au sacerdoce, si
Dieu m'y appelle, je n'aie point à verser des pleurs, en
voyant que j'ai dissipé le don de Dieu et perdu le
précieux temps du Séminaire...... » Et son directeur (*) seul, si Dieu déjà ne l'avait appelé à lui, pourrait nous dire avec quelle piété, quelle ferveur il s'y
prépara, et le 6 juin 1857, il fut tonsuré dans l'église
Saint-Sulpice, à Paris, de la main de Mgr Morlot. Dès
ce jour, le Seigneur était bien son partage, et il était le
partage du Seigneur ; avec quelle joie il répétait les
versets de ce psaume si beau que l'on chante pendant
la cérémonie, et chacune de ses paroles trouvait en son
cœur un nouvel accent. Que ne m'est-il permis de révé-
ler ce dont Dieu seul fut témoin, et qu'il ne confia qu'à
Marie sa bonne mère ; en venant se prosterner à ses
pieds, il lui ramenait son enfant changé, il avait franchi
le seuil du sanctuaire. Jusqu'à la fin de l'année, sa vie
ne fut plus qu'une action de graces, et ses premières
vacances montrèrent qu'il avait su profiter des leçons
qu'il avait reçues pendant ses dix mois de Séminaire.

(*) M. Chol, directeur au Séminaire d'Issy, mort au Séminaire de Bordeaux
en 1861.

La deuxième année recommençait : son ordre, son exactitude, joints à sa piété, avaient attiré l'attention de ses supérieurs, et il était digne qu'on lui confiât l'une des charges importantes de la maison ; il fut choisi pour être réglementaire. Il répondit à la confiance de ses supérieurs, et bien rarement on put le surprendre en défaut, ce que la vigilance la plus exercée ne peut éviter.

Partout bon confrère, animant les jeux par son exemple, son entrain, sa gaîté, il savait avec sa bonté, sa douceur, faire passer ce que quelquefois les charges peuvent avoir de pénible pour quelques-uns.

Ses dispositions pour les cérémonies ecclésiastiques n'étaient pas une des moindres marques de sa vocation, et la bonne grace avec laquelle il les exécutait le faisait rechercher pour les jours de fête.

C'est ainsi que se passa son temps d'Issy, le noviciat du Séminaire, ce temps qu'un enfant de Saint-Sulpice ne peut jamais oublier, le temps le plus agréable du Séminaire, de la vie ; là il a goûté, pour la première fois, les douceurs du service de Dieu, les douceurs qu'il réserve à ses amis privilégiés, et ce n'est pas sans verser une larme qu'il s'éloigne de ce toit où il a sucé le lait de l'esprit ecclésiastique, et revêtu l'habit clérical ; mais toute joie a son terme ici-bas ; il faut, après la nourriture des enfants, prendre celle de l'homme fait ; l'Eglise appelle les siens dans un lieu où elle veut les disposer encore de plus près au Sacerdoce ; là encore il réserve ses douceurs, et le jeune clerc pourra, en se relevant prêtre, s'écrier que le plus beau jour de sa vie n'était pas encore arrivé. M. Quillet était au Séminaire de Paris ; sa première année se passa assez bien, sa vie cachée dans la vie commune l'empêchait d'être remarqué ; c'est ainsi qu'il se prépara aux ordres mineurs qu'il reçut à la Trinité de 1859 (18 juin).

La deuxième année, sa santé, qui jusqu'alors avait été bonne, parut s'altérer un peu ; la fatigue, l'exercice moins fréquent, le força à modérer son ardeur, et même à aller bientôt prendre quelque temps de repos.

Les jours d'épreuve étaient arrivés ; le Séminaire ne perdait rien de son charme pour lui, mais sa santé déjà depuis longtemps se refusait à suivre le réglement commun, et nul ne pouvait s'apercevoir de ses souffrances que son courage dissimulait le plus qu'il pouvait ; bientôt la nature succomba. Un soir , qu'il se promenait avec ses confrères, dans le mois de novembre, il toussait et se plaignait de mal de gorge, il se sépare un instant, il fait un effort pour tousser, il est pris d'un crachement de sang assez violent. Il fallut donc songer au repos ; quelques jours après, se trouvant un peu mieux, son cœur le ramenait au milieu de ses confrères, à une cérémonie solennelle, la rénovation des promesses cléricales. Il avait voulu y prendre part, malgré son état de faiblesse ; il vint donc nous édifier tous, une fois encore, avant que d'aller chez ses parents, reprendre quelques forces dont le besoin s'annonçait visiblement sur sa figure pâle et défaite.

Absent de corps, son cœur n'avait pas quitté le Séminaire, il y revenait souvent, et toujours trop rarement au gré de ses désirs. Il voulait se tenir au courant des études. C'est ici le moment de faire remarquer l'exactitude qu'il avait à prendre les notes que donnait le professeur ; il n'en voulait pas omettre un seul mot, quoiqu'il fût fort fatigant pour lui d'écrire en classe ; avait-il omis quelque chose , rentré à sa chambre, il allait, avec la permission, le demander à un confrère. C'est de cette manière, qu'absent ou présent, ses cahiers n'ont jamais éprouvé de lacune, parce qu'aussitôt elle était comblée. Cette exactitude à mettre tout en ordre, lui faisait éviter la moindre tache sur ses cahiers, et

dans sa chambre toujours l'ordre le plus exact, la pro_
preté la plus parfaite, il ne pouvait comprendre qu'il en
fût autrement ; dès son jeune âge on avait remarqué en
lui cet esprit d'ordre, il le conserva jusqu'à la fin. C'est
ce même principe qui le faisait obéir aux volontés de
ses supérieurs, en qui il reconnaissait les représentants
de Dieu ; il n'aurait pas fait un pas sans leur permission, et pour sa santé, le seul moyen d'obtenir quelque
ménagement, était de le lui faire imposer au nom de
l'obéissance par le médecin et son supérieur.

Les séminaristes chargés de l'infirmerie eurent plus
d'une fois occasion de s'édifier auprès de lui ; jamais une
parole amère ne sortit de sa bouche, au milieu de ses
souffrances et des ennuis de la maladie, de ses lon-
gueurs, il avait besoin d'être modéré dans son zèle, loin
de l'exciter à prier au milieu du mal. Toujours gai et
affable, il était toujours à s'excuser de donner tant d'em-
barras, disait-il, et se confondre qu'on prît tant de soin
de lui. Il avait toujours peur d'en faire trop pour son
corps au détriment de son ame ; cette réserve plus d'une
fois lui fit entreprendre des choses au-dessus de ses
forces, et ne fut pas sans nuire à sa santé. Il fallait, sous
ce rapport, le conduire comme un enfant ; il fallait lui
commander tout ce qu'il avait à faire pour régler tout,
afin qu'il ne fît pas plus qu'il ne pouvait. Un jour en-
tr'autres, c'était un jour de jeûne (inutile de dire qu'il
ne pouvait jeûner, et qu'on le lui défendait), il vint le
matin frapper à la porte de l'infirmier, pour savoir s'il
pouvait jeûner, si le médecin, en le lui défendant, n'avait
pas restreint sa défense à un temps déjà expiré ; la réponse ne pouvait être douteuse, le jeûne lui était interdit
entièrement. Toutefois l'infirmier n'avait pas eu la pré-
caution de lui dire ce qu'il devrait prendre à son déjeû-
ner, c'eût été chose prudente, car il ne pouvait douter

que le moins bon serait sa part. Il le rappelle donc et lui enjoint de prendre quelque chose de chaud ; bien lui en avait pris, car déjà sa portion était arrêtée, un morceau de pain sec allait soutenir cette débile existence ; il obéit pourtant, car c'était sa coutume de se soumettre quand on lui commandait ; fût-ce son égal, et son inférieur, sous d'autres rapports, il représentait pour lui un supérieur.

Sa deuxième année se passa donc avec bien de la peine, une partie du temps chez lui : ce ne fut pas sans vifs regrets qu'il vit les séminaristes de son cours appelés au sous-diaconat, et lui empêché d'avancer à cause de sa santé. C'était un nouveau sacrifice que Dieu lui demandait, il l'accepta et l'offrit avec la même générosité qu'il avait déjà montrée en d'autres circonstances pénibles pour son cœur de prêtre.

Il alla passer les vacances à la campagne, dans le diocèse d'Amiens ; dire qu'il fit l'édification de tous est trop peu, et tous ceux qui étaient témoins de ses actions, de ses paroles, s'en allaient le cœur content, animés à mieux faire, désireux de l'imiter, et s'il ne voulut jamais prendre la parole en chaire, toute sa conduite était une prédication continuelle. Sa régularité ne se démentit pas plus en vacances qu'au Séminaire.

Les communes de Béthencourt-sur-Mer et Yzengremer se rappelleront toujours ces moments trop courts où elles purent le posséder. Il suffit, pour s'en convaincre, de lire le réglement qu'il s'était tracé l'année précédente et qu'il observa jusqu'à la fin.

RÉGLEMENT DES VACANCES.

1° Je m'engage à faire invariablement, chaque jour, ces quatre choses : Faire l'oraison, trois quarts d'heure ; entendre la sainte Messe, passer un quart d'heure au

moins auprès du Saint-Sacrement; faire la lecture spiri-
tuelle ; sans préjudice de mes autres exercices de piété.
Un quart d'heure d'Ecriture Sainte.

2° Je me confesserai chaque semaine, et je commu-
nierai deux fois la semaine, comme j'en ai obtenu la
permission, en ayant bien soin de me préparer à mes
confessions et à mes communions au moins deux jours à
l'avance.

3° Je m'étudierai en toutes choses à faire la sainte
volonté du divin maître et à plaire à son adorable cœur
et à l'immaculé cœur de sa très Sainte Mère. Je me réfu-
gierai dans ces aimables et tout puissants cœurs au
moment de la tentation, bien sûr d'y trouver le courage
nécessaire et la victoire.

4° Je veillerai à chaque instant sur mon cœur pour
l'empêcher de s'attacher à quoi que ce soit, bien con-
vaincu que je ne me dois qu'à Dieu seul.

5e Je pratiquerai une exacte mortification dans les
regards, dans les repas et dans toute ma conduite. Je
m'animerai à la piété et à la ferveur. Je serai modeste
dans tout mon maintien, et j'éviterai toute espèce de va-
nité et tout orgueil, sachant combien terrible est la
punition ordinaire des orgueilleux. Je serai recueilli,
afin de toujours jouir de cette paix et de cette tranquil-
lité qui est le partage des amis de Dieu. Mais surtout
je tâcherai, par tous les moyens possibles, de garder la
plus scrupuleuse vigilance touchant la conservation de
ma chasteté.

6° Chaque jour, j'étudierai une heure le matin et une
heure le soir, persuadé que l'oisiveté est la source de
tous les déréglements.

7° Pour chaque journée, je me conformerai au réglement qui est à la tête de mon *Manuel des Vacances*. Quant
aux heures de chaque exercice, je les fixerai aussitôt

que cela me sera possible, afin de toujours faire la sainte
volonté de Dieu.

8° Pour ce qui concerne la conduite que je dois tenir
dans ma famille, les rapports avec les ecclésiastiques,
les voyages, etc., j'agirai comme il est marqué dans le
grand Réglement des Vacances.

9° Je ne lirai que des livres reconnus bons, et je
m'interdirai toute curiosité indiscrète.

10° Chaque mois, le premier dimanche, je ferai la
petite retraite du mois ; je relirai ces résolutions et je
m'étudierai à garder désormais une plus grande fidélité
à mon divin maître.

11° Je serai fidèle à me conformer à ce qui est marqué
dans mon petit billet d'association.

12° Je prierai particulièrement pour mon directeur,
qui a eu pour moi tant de soins et qui m'a aidé à faire
mes premiers pas dans la vie cléricale. Je prierai aussi
pour mon futur directeur.

Enfin, je dois me souvenir que je suis aussi tenu à me
sanctifier durant les vacances que dans le cours de l'année, et que je suis exposé à l'être moins.

J'ai écrit ceci de ma main, sous les yeux de Notre
Seigneur et de sa Très Sainte Mère, le beau jour de la
fête du Sacré-Cœur, et je m'engage à l'observer scrupu-
leusement.

Hoc fac, et vives.   J. QUILLET, s. d.

Serviteur de Dieu.

L'année scolaire 1860—1861 avait repris son cours,
bientôt il fut appelé aux Ordres pour les Quatre-Temps
de Noël ; il allait être sous-diacre. Cette démarche, l'une
des plus sérieuses de la vie, était déjà faite depuis longtemps au fond de son cœur, il avait renoncé au monde
et à ses plaisirs, il ne lui restait qu'à prendre devant

tous cet engagement solennel, il n'osait s'approcher, son humilité lui fermait la porte du Sanctuaire, si son directeur ne lui avait encore ordonné d'avancer. Il obéit : et le vingt-deuxième jour de décembre, il tombait sur la dalle du temple, dans l'église de Saint-Sulpice, pour se relever sous-diacre ; il lui semblait qu'il avait mis entre le monde et lui un abîme qu'on ne pourrait jamais combler ; d'ailleurs il ne voulait pas retourner en arrière, il savait ce qu'il laissait et ce qui devenait son partage. Il pouvait plus que jamais s'écrier : Oui, le Seigneur est mon partage, et mon sort est heureux. Il avait compris ce que le monde ne comprend pas : qu'il est doux de servir le Seigneur et que son joug est léger ; il avait compris que le sous-diaconat est en quelque sorte plus beau que le jour de la prêtrise ; parce qu'en ce jour le clerc se donne tout entier, et ne contracte en retour qu'une obligation bien douce, celle de louer Dieu ; tandis que le prêtre reçoit des obligations graves, des charges bien lourdes, une responsabilité effrayante, et que le sacerdoce fait trembler les anges eux-mêmes.

C'était bien l'idée qu'il s'était faite du sacerdoce, dès les premiers jours de son séminaire. Une lettre écrite à ses parents, le 6 décembre 1856, nous le fait assez connaître.

Mon bon Père ,

« Puis-je mieux employer le peu de jours qu'il me reste à passer sur cette terre, que de les consacrer au Dieu d'amour que mes péchés ont cloué à un gibet infame ? Heureux, si par le sacrifice que je lui fais de moi-même, je puis racheter les fautes de ma vie passée, et obtenir sa miséricorde, au moment à jamais redoutable où je comparaîtrai devant lui pour être jugé. Priez donc, mon cher Père, et faites prier pour moi, afin que malgré mon indignité, je mérite d'être rangé au nombre des amis privilégiés de Dieu, et de devenir un jour le dispensateur de ses graces. Ah ! qu'elle est belle, qu'elle est noble cette carrière pour celui qui se sent véritablement appelé de Dieu ! Etranger aux joies du monde, il n'est sensible qu'à celles qui lui viennent de son bien-aimé. Son bonheur, c'est de voir Dieu aimé et servi, et sa gloire fait sa gloire, Un bon prêtre, c'est un ange sur la terre. Il passe en faisant le bien, il ouvre sa main à l'indigent, il étend ses bras vers le pauvre, il console la veuve et l'orphelin, il rend l'espoir à l'ame désespérée. La fin de sa vie, c'est le soir d'un beau jour. Il s'endort entre les bras de la mort, pour se réveiller sur le cœur de son Dieu.

C'est là, sans doute, une existence digne d'envie, et de laquelle je ne puis m'empêcher d'être jaloux. Mais que de combats pour arriver jusque-là, que d'incertitudes, que de luttes ! Il semble que le démon, cet implacable ennemi de l'homme, fasse alors ses derniers efforts et mette en jeu les tentations les plus séduisantes pour nous arracher à ce Jésus dont le bonheur fait son éternel désespoir; mais, j'espère, qu'avec la grace de Dieu et le secours de vos bonnes prières et de celles de vos amis et des miens, je serai fidèle à la vocation sainte à laquelle il semble que je sois appelé.

Votre enfant dévoué,

J. QUILLET.

Quel esprit de sacrifice ! dès le début du Séminaire, il semblait que déjà il avait un pressentiment de sa fin prochaine, mais n'anticipons pas, et suivons-le, jeune sous-diacre :

Il avait son bréviaire à réciter, obligation bien douce, et bien difficile pour celui qui craint toujours de n'en pas faire assez. L'abbé Quillet était de ce nombre, une conscience délicate, timide à l'excès et par là même scrupuleuse, il ne pensait jamais avoir assez bien dit son bréviaire, il aurait voulu toujours recommencer, et avec sa santé faible il se fatiguait par la contention, il s'épuisait ; il en était à nn point où l'on allait être obligé de le décharger de cette obligation devenue pesante pour lui. Pour alléger ce poids, il demanda la permission de le réciter avec un confrère ; cette faveur exceptionnelle lui fut accordée, le supérieur savait qu'il n'en abuserait pas. Peu à peu il commença à le réciter avec moins de peine, sans pourtant pouvoir le faire seul. Dieu se plaît souvent à visiter de cette manière ceux qu'il aime, et il se sert de ce moyen pour purifier les ames de ses saints.

Cette épreuve pénible dura longtemps, et elle ne se bornait pas à la récitation du bréviaire, elle s'étendait à ses prières, à toute sa conduite, et produisait en lui une contention d'esprit, qui le fatiguait beaucoup. Il avait, dès-lors, besoin d'être conduit et dirigé par quelqu'un en qui il eût une confiance sans bornes, et en ce moment un ami avec qui il pût s'ouvrir lui était nécessaire ; ce fut dans ces circonstances qu'il fut donné à cet autre lui-même de connaître la beauté de cette ame dont le plus grand désir était de rester cachée, inconnue, et de suivre la vie commune. Combien de fois ne fallut-il pas lui livrer combat pour arrêter son zèle, et le faire rentrer dans les limites de la prudence ! il se laissait emporter par son ardeur ; à l'entendre il était le dernier, le moindre du Séminaire et nul n'agissait plus mal que lui. Il ignorait ce que c'est que parler de soi ; et il fallait l'interroger directement pour avoir sur ce qui le concernait quelque explication.

Ainsi se préparait dans le silence de la retraite une ame inconnue au monde, mais bien agréable à Dieu ; il reçut le diaconat à la Trinité de l'année 1861, un seul pas le séparait du sacerdoce, il était franchi, il est à la veille d'être prêtre.

Les vacances sont une continuation de son Séminaire; une préparation éloignée et prochaine au sacerdoce. Dire combien il édifia ceux qui se trouvèrent avec lui, ceux qui furent témoins de ses actions, ne serait donné qu'à ceux qui l'ont vu à l'œuvre ; que ne puis-je en ce moment céder la plume à quelques uns de ces saints prêtres qui aujourd'hui sont si heureux de l'avoir eu près d'eux, de l'avoir appelé du nom d'ami, et regrettent que ces moments aient été·si courts. Maintenant, du moins, d'un séjour meilleur, il attire sur eux et sur leurs paroisses les bénédictions les plus grandes et les plus abondantes.

Cette année il passa ses vacances à Bonneville, canton de Domart, diocèse d'Amiens, et toute cette paroisse le vénérait comme il le fut toujours partout. Le moment de rentrer au Séminaire était venu, M. l'abbé Quillet n'était pas des derniers; heureux de rentrer dans cette maison où il avait passé de si beaux jours, il n'aurait pas voulu en perdre un seul ; il revenait au milieu de ceux qu'il avait toujours aimé comme des frères, et reprenait sans peine l'ordre des exercices qu'il ne laissa jamais, autant que sa santé le lui put permettre , jusqu'au moment de sa mort. Il n'y avait plus trois mois jusqu'au jour le plus solennel de sa vie. Cette pensée ne le quittait pas un instant. Son ange gardien pourrait nous dire combien de soupirs, il porta au trône de Dieu durant ce temps, combien il offrit de prières à Marie pour s'y préparer d'une manière moins indigne.

Il lui manquait quelques mois pour avoir l'âge requis, il en obtint la dispense, vu l'état de sa santé. Il allait donc avoir le bonheur de prendre part à l'ordination avec ceux qu'il avait eu pour confrères depuis le 1ᵉʳ jour

de son séminaire. La retraite fut employée à achever ce
que le temps du Séminaire avait préparé de longue
main ; que son ame était belle ! quelle était pure au jour
où il reçut l'onction sainte ! je n'essaierai pas de dire les
pensées qui se succédèrent dans son esprit durant cette
nuit où le diacre attend, l'œil ouvert, cette aurore qui
lui annonce le plus beau jour de sa vie ; je n'essaierai
pas de peindre les émotions de la cérémonie, lorsque le
pontife vous impose les mains, vous revêt des ornements
sacerdotaux et les impressions du nouveau prêtre mon-
tant à l'autel. Oh ! qu'il est doux de contempler son
Dieu entre ses mains ; de le déposer dans le cœur d'un
père, d'une mère !.... Qu'il est doux, en descendant du
saint autel, de serrer dans ses bras celui que l'on vient
de nourrir de la chair de son Dieu ! et pour un père
quelle joie ! son fils est prêtre, prêtre pour l'éternité.
Mais ce beau jour n'a pas de fin , chaque jour il lui sera
donné de monter à l'autel ; d'offrir le St-Sacrifice ; aussi
avec quelle dévotion il s'y préparait, et toute sa journée
n'était qu'une action de graces du sacrifice du matin,
une préparation pour celui du lendemain. Ainsi se passa
le reste de son temps de Séminaire ; en suivant l'ordre
commun, il eût dû quitter plus tôt ce séjour de bonheur
et entrer dans le saint ministère ; mais sa santé ne pouvant supporter encore les fatigues, il avait obtenu de
rester quelque temps afin de combler quelques lacunes
dont la maladie avait été cause dans ses études. Enfin
il fallut le quitter ; il rentra donc chez ses parents
qui depuis quelques années habitaient les Batignolles
(Paris).

Rentré dans la maison paternelle, il y conserva le
mieux qu'il put, le réglement du Séminaire ; en atten-
dant le jour où Dieu lui permettrait d'exercer son ministère, il se rendait chaque jour à l'église Sainte-Marie,

pour y célébrer le Saint Sacrifice ; ses journées se passaient entre ses exercices, la messe, son bréviaire, quelque lecture de piété. Ses forces l'abandonnaient peu à peu, car la maladie faisait de rapides progrès. Il était atteint, depuis longtemps, d'une maladie de poitrine. Malgré son état continuel de souffrance il avait toujours dit la Sainte Messe, il commençait à ne le plus pouvoir, et deux mois avant sa mort, au mois de septembre, il dut ne plus monter au saint autel, ses forces le trahissaient. Du moins il voulait encore aller rendre visite à son Dieu dans le sacrement de son amour, il allait seul à l'église, d'un pas chancelant. Le curé et le clergé de la paroisse, tous étaient étonnés de le voir se transporter ainsi dans le lieu saint, avec une telle faiblesse. Jusqu'alors il récitait encore son bréviaire, mais bientôt après avoir quitté l'autel, il fallut laisser ce livre si précieux au cœur du prêtre. Il ne lui fallait pas moins que l'ordre exprès de son directeur pour le faire, mais aussi cet ordre était pour lui la manifestation de la volonté de Dieu. En effet, peu de semaines avant sa mort, son directeur étant venu le voir, il le reçut avec une bien grande joie, et en le quittant il lui disait : Je donne ordre à M. votre père, de vous arracher votre bréviaire, si vous voulez continuer. « Cela n'est pas nécessaire, Monsieur, répondit-il, vous me l'avez défendu, cela me suffit. » Depuis cette défense, il paraissait désœuvré, et répétait souvent : « Je suis donc nul sur la terre, je ne puis rendre aucun service, on m'interdit mon bréviaire, à quoi suis-je bon ? »

Il avait toujours en mains son chapelet et un livre de piété, son *Imitation de Jésus-Christ*. Il souffrait beaucoup et jamais ne se plaignait, pourtant rien ne faisait penser que la fin dût être si prompte. Au mois d'octobre, il disait à son père que bientôt il irait rejoindre au ciel sa bonne mère qu'il avait perdu jeune encore. Il ne se trompait pas, un mois après ses vœux étaient exaucés. Ses derniers jours furent semblables aux précédents. Il ne garda le lit que pendant les douze dernières heures de sa vie. La dernière nuit, se trouvant fort souffrant, il fit appeler son médecin, qui ne l'avait vu depuis plusieurs jours. — Laissons-le parler :

« La nuit du 27 novembre 1862, on vint m'éveiller pour me dire que l'abbé Quillet voulait me voir. A mon arrivée près de lui, ayant pris sa main qu'il m'offrit, je voulus tout d'abord lui offrir quelques raisons d'excuses sur la négligence que j'avais mise à lui faire visite pendant les semaines qui venaient de s'écouler. « Ne parlons point de cela, me dit-il, j'ai compris pourquoi vous ne veniez pas comme par le passé. J'étais incurable, vous n'osiez me le dire, et dans mon état désespéré vous ne pouviez que souffrir en venant me voir ; mais en ce moment j'ai besoin de vous, et je vous demande la vérité. Il est, en ce moment, une heure de la nuit. Il est important que je sache si je puis vivre jusqu'au jour. » Lui ayant demandé la raison de cette inquiétude qu'il me témoignait en cette occasion, « C'est, me dit-il que si je dois atteindre le jour, je ne dérangerai personne, mais si je ne puis l'atteindre, je dois ne pas hésiter d'éveiller pour recevoir l'Extrême-Onction. » A une demande aussi nettement formulée, ma réponse fut : Monsieur l'abbé, Dieu seul sait si votre vie atteindra le jour, et le médecin n'oserait vous le promettre : — Merci, me dit l'abbé, merci mille fois, et me pressant la main dans les siennes, merci encore, me dit-il en me regardant avec un sourire plein de bonté et de reconnaissance. Immédiatement l'abbé me pria de rappeler son père, qui était dans la pièce voisine. « Mon père, hâtez-vous, lui dit-il, d'aller prier M. X...... de venir à l'instant m'administrer. — Pendant l'absence de M. Quillet père, je restai encore un peu, près de l'abbé. — Il était calme dans les préparatifs qui se faisaient autour. de lui, comme s'il ne se fût point agi de lui ; la mort ne lui faisait pas peur »…..

Le prêtre arrivé, causa quelques instants avec lui et lui donna les derniers Sacrements qu'il reçut avec une piété touchante, et la sérénité rayonnait sur sa figure ; Quelques instants après son père s'approchant, lui dit : Tu souffres beaucoup, mon fils, « Je souffre pour l'expiation de mes péchés, répondit-il. » Puis il demanda pardon à ses parents, à toutes les personnes présentes. Tous fondaient en larmes, lui seul restait calme et tranquille, priant sans cesse ; il s'entretenait avec son Dieu, et déjà commençait ce bonheur du Ciel dont il allait bientôt jouir. Quelques instants avant que de mourir, il dit au médecin : Je sens que je vais mourir ? — Je n'en sais rien, lui répondit le médecin, ce que je sais c'est que notre corps est matériel et que nous avons une ame qui doit paraître devant son Créateur pour rendre compte de ses bonnes et mauvaises actions. Mais une ame comme la vôtre, M. l'Abbé, trouvera grace devant son Dieu. Eh bien ! répliqua le malade, laissez-moi me préparer au jugement de mon Créateur. Il se remit aussitôt en prières, et répétait tout haut : « O mon Dieu, ayez pitié de mon ame ; pardonnez-moi mes fautes. Et vous, Sainte Vierge, ma tendre Mère, priez pour moi, *Pax vobis, Pax vobis* (que la paix soit avec vous). Il continua de prier ainsi jusqu'à son dernier soupir qu'il rendit en répétant encore une fois les paroles du Sauveur à ses apôtres, *Pax vobis*. Son ame était allée jouir de cette paix qu'il souhaitait sur la terre à ceux qui l'entouraient et dont son cœur déjà était rempli. Il était cinq heures 40 minutes du matin, le 27 novembre 1862. La beauté de son visage annonçait son bonheur ; les personnes présentes répétaient : c'est un saint, et le médecin se plaisait à répéter aussi : Oh ! ce jeune homme est au ciel, ou personne ne doit y aller ; on le voit à sa figure rayonnante. Elle n'avait pas changé ; il n'était plus, qu'il semblait reposer. Pour le juste, en effet, la mort est un sommeil. Il est mort à 24 ans et 9 mois. La terre avait perdu un passager, le ciel avait gagné un habitant.

Le lendemain on fit ses obsèques ; elles eurent lieu avec toute la pompe que l'on put y mettre ; on eût dit le service d'un prince ; quarante prêtres, une partie des séminaristes, les membres de la Société de St-Vincent-de-Paul, les élèves de Saint-Nicolas, et de quelques pensions, une foule d'amis composaient le cortége, et prouvaient ainsi combien étaient nombreux les regrets qu'il emportait dans la tombe.

Tel fut celui que nous regrettons ; mais pouvons-nous regretter que Dieu ait voulu récompenser celui qui était mûr pour le ciel. Que l'exemple de ses vertus, de sa piété, sa charité sans bornes, sa confiance en Dieu, nous animent à marcher sur ses traces. Et en ce jour nous sommes heureux de penser que celui que nous avons appelé du doux nom d'ami, de frère, dont nous avons partagé les joies et les peines, priera pour nous, d'un séjour meilleur, et nous obtiendra les graces pour achever notre course, travailler au salut des ames, et un jour l'y rejoindre pour ne plus nous quitter.....

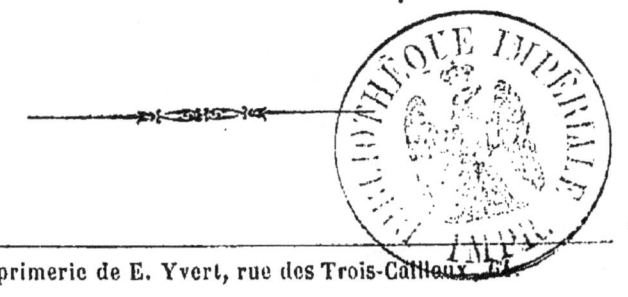

Amiens, Imprimerie de E. Yvert, rue des Trois-Cailloux.

www.ingramcontent.com/pod-product-compliance
Lightning Source LLC
Chambersburg PA
CBHW061730180626
46818CB00006B/2541